A Kalmus Classic Edition

Edvard

GRIEG

PEER GYNT SUITE NO. 1

Opus 46

FOR VIOLIN AND PIANO

K 09205

Kalmus

CONTENTS

PEER GYNT SUITE NO. 1

I.

Morgenstimmung.

Le matin.

Edvard Grieg, Op. 46.

Allegretto pastorale. (♩. = 60.)

crescendo
A
f
piu f
B
ff
Sul G
dimin.
p
cresc.
C
cresc. molto
Ped.

Sul G
dimin.
cresc.
D
cresc. molto
dimin.
p tranquillo
dimin.
Ped.

E
p
pp
Ped.
tranquillo
pp
tranquillo
pp
tr
p
dimin.
F
1
più tranquillo
p
più tranquillo
pp
poco riten.
pp
poco riten.

II.

Åses Tod.

La mort d'Åse.

ff
ff
A
p
p
più p
più p
dimin.
pp
pp

III.

Anitra's Tanz.

La danse d'Anitra.

Tempo di Mazurka. (♩= 160.)

* Die Triller ohne Nachschlag.

arco
p
p
Ped.
Ped.
A
dolce
pp
pp
B
fp
Ped.
fp
cresc.
cresc.
Ped.

dimin.
dimin.
poco riten.
a tempo
poco riten.
a tempo
C
pizz.
pizz.
1.
2.
arco

IV.

In der Halle des Bergkönigs.

Dans la halle du roi de montagne.

Alla marcia e molto marcato. (♩ = 138.)

A
p staccato
p
Ped.
Ped.
poco a poco cresc. e stretto
poco a poco cresc. e stretto

Sul G
f sempre cresc.
mf sempre cresc
Ped.
f
Più vivo.
ff
ff
Ped.
sempre stretto al Fine
8
sempre stretto al Fine

C
stringendo al Fine
stringendo al Fine
D
ff
sf
Ped.
p
cresc. molto
p
cresc. molto
p
ff
ff

Kalmus

A Kalmus Classic Edition

Edvard

GRIEG

PEER GYNT SUITE NO. 1

Opus 46

FOR VIOLIN AND PIANO

K 09205

Kalmus

PEER GYNT SUITE NO. 1

I.

Morgenstimmung.

Le matin.

VIOLINE. Edvard Grieg, Op. 46.

Allegretto pastorale. (♩. = 60.)

PRINTED IN U.S.A.

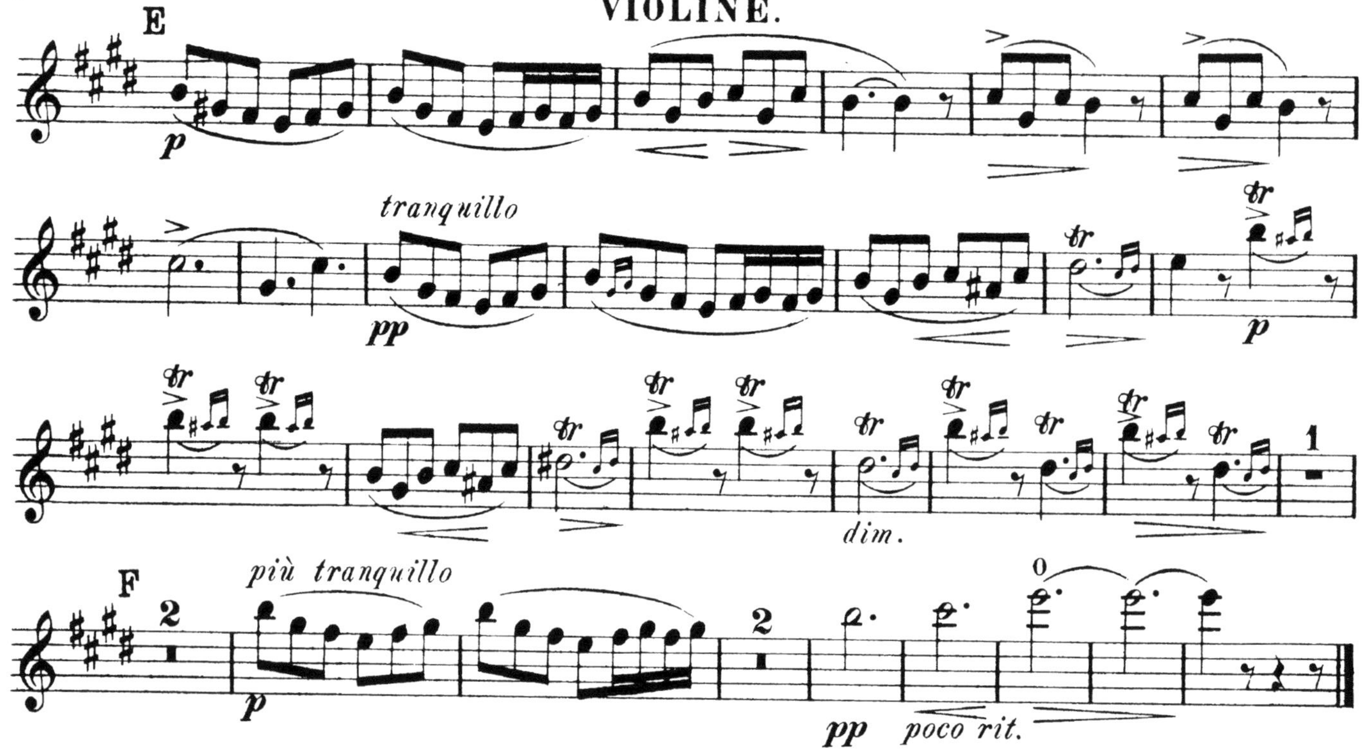

II.
Åses Tod.
La mort d'Åse.

Andante doloroso. (♩= 50.)

III.

Anitra's Tanz.

La danse d'Anitra.

VIOLINE.

* Die Triller ohne Nachschlag.

IV.

In der Halle des Bergkönigs.

Dans la halle du roi de montagne.

VIOLINE.

Alla marcia e molto marcato. (♩= 138.)

Kalmus